나는 기우뚱

산지니시인선 009

나는 기우뚱

이지윤 시집

산지니

．

나의 언어는 언제나
불안정하다

나를 용서하는
시여

| 차례 |

2부 절반의 얼굴

3부 그리움의 거처

4부 지극한 사랑

1 부

자 벌 레 로   걷 다

애인

내가 좋아하는 건 물소리
그보다 더 좋은 건 당신 목소리입니다
시원한 바람도, 지절대는 새소리도
당신이 부린 언어만 못하여서
하느님이 풀어놓은 만나처럼
새벽마다 당신이 건네는 그리운 말로
마른 목을 축입니다

자벌레로 걷다

집으로 돌아가는 익숙한 길인데도
살얼음판을 걷듯 몸을 굽혀 걷습니다
내 작은 걸음이 비뚤지 않게
내 가벼운 희망이 넘어지지 않게

아직은 모르겠습니다
눈 내린 평원 내가 가야 할 그 길은
방향도 없고 아득하기만 한데
시간은 몸을 뒤척여 굽은 등을 떠밉니다

지금 이대로라도 괜찮겠습니다
일보일배 눈물겨운 고행
내 앞의 굴곡진 길을 온몸으로 밀어갑니다
어느 날의 우화羽化를 꿈꾸며 한 땀 한 땀
당신의 깊이를 따라갑니다

가등街燈 불빛이 바람에 부서져 흩어집니다
불어오는 바람에 여린 살갗이 마르는 동안

아슬한 목숨 끌어안고 더듬거리며

당신에게로 닿는

이 길이 어리석음이라도 좋겠습니다

비탈에 선 나무에게

언제 머리에 푸른 하늘을 이고 살아도
발 디딘 땅이 가벼이 흔들리고 아슬한지라
바닥을 부여잡고 어떻게든 버텨보는 것인데
그래도 어디서 꽃향내 실어오고
희망이란 숨겨진 아름다움처럼 제 안에서
스스로 퍼올리는 샘물 같은 것이야
살아가는 일이란 우리에게 만만치 않으나
그렇다고 늘 같은 어둠일 리도 없는 게야
골목을 돌아 나오면 넓은 광장이 펼쳐지듯 말이지
그런 중에 일에게든 사람에게든
심장이 끊어지도록 네 모두를 주었다면
잘 산 것이야
가만히 휘파람을 불어 봐
그날을 떠올려 보는 눈동자가 바다처럼 깊고
푸른 별처럼 반짝이는 기억이 있다면
아마 그것으로 족한 것이지

동백, 지다

거친 바람이 부는 바닷가 바위 위
아슬한 생生의 변곡점에 서서
부서지는 파도에 머리를 적신다
뜨거운 긴 기다림으로
수천의 푸르름을 길어 올리고 나서야
붉은 사랑 하나 간절히 품어보는
새가 날아간 방향으로
겨울 하늘은 지워져 가고
금세 해가 저무는 것을 아는 까닭에
돌아서리라 그대 가까이에서
한없이 무너져도 좋을 열망
저기 수평선 너머의 어떠한 것을
나 꿈꾼 적 없었으니

지상의 길이 막히면

우리가 걸었던 젊은 날의 저녁 강가
당신 어깨너머로 푸른 깃의 새가 날고
하늘은 금빛 노을 뿌려져
어디서 아슬한 노랫소리 들려와
모든 꽃 일제히 귀를 세우던

세상은 호락하지 않았음을
간신히 켜둔 촛불로 버티는 목숨
흔들리는 불빛 속 흔들리는 그림자
발라먹고 남은 물고기의 뼈
혹은 옥상에 널려진 젖은 와이셔츠
희망은 더 이상 나를 품지 못하고

깊은 어둠이 나를 지워 버리더라도
그 저녁 강가 당신 어깨너머로 높이 날던
새, 푸른 깃의 활공을 기억하나니
지상의 길이 막히면
창공으로 무한의 길이 열리는 것을

귀를 여니

흙탕물 가라앉은 물웅덩이를 들여다본다
플라타너스와 은행나무가
푸른 하늘 뭉게구름 사이 머리를 박고
전봇대가 물구나무를 섰다 거꾸로 누워
전깃줄이 물길을 건너고 있다 그 뒤를
내가 거꾸로 따라가는 중이다
말갛게 가라앉은 물
가장자리 막힌 물꼬를 터주면 고인 물이 흘러온
처음 그곳으로 길을 내며 흐른다
마음 열고 거슬러 따라간 곳
파도가 절벽을 때리듯
천둥 번개가 제 가슴을 치듯
괘씸하고 섭섭해서 단칼에 잘라버린 인연
나를 향해 날 세웠던 사람의 증오도
거꾸로 세우니 숨이 열린다

지나던 소나기가
꼿꼿하던 내 몸에 죽비를 내린다

달안*에서 추억을 본다

놀랍게도,
어쩌다 문을 여는 선창의 허름한 선술집 같은
긴 여음의 뱃고동 소리 대신
거친 헐떡임으로 지나쳐 버리는 열차
동해남부선 간이역 달안에 앉아
젊은 날의 추억을 본다
아무렇게나 녹슬어 가는 개찰구로
하루에 세 편씩 바다가 들어왔다 떠나가고
아낙들 보퉁이를 풀어내는 재미로 쓸쓸하지 않았던
키 낮은 나무의자 하나
짙은 화장을 한 여자가
역전다방의 낡은 창으로 지나가는 바다를 내다보고 있다
무거운 한 침목에서 다른 침목으로 넘어가지 못하고
발이 묶인 겨울 저녁의 햇살이
강아지풀 사이 깨어진 유리 조각에 반짝 비쳐든다
추억이란 저렇게 모르는 곳에서
그 얄팍한 속내를 드러내는 것이다
역 마당의 큰 소나무는 허공을 빌어 제 길을 내고

달안의 바람은 또 노래 부르듯 춤추듯
지난 일들을 나에게 추궁하는 것인가
막차 시간이 되어도 오지 않는 이를 위하여
빈 좌석 하나를 희망처럼 남겨 두고

나는 가다가 물때 좋은 어느 갯가 마을에 닿아
이 허기를 부려야 하는지

* 달안: 기장군 월내리月內里

청동물고기

윤회란 거듭 새 몸을 입어 태어나는 일이 아니라
흐르는 세월의 뒤편에서
지워진 나를 다시 만나는 일이다
절집에 부는 바람이 어디 몸 풀지 않고서는
그냥 허공이었던 것처럼
간절히 나는 나에게 닿아 있고 싶은 것이다
처마 끝에 매달린 청동물고기는
뎅그렁, 저 가벼운 칩거는
얼마나 많은 인연의 비늘을 떨구었을까

붉은 배흘림기둥을 돌아가는 법고소리
반짝이며 날던 콩새 자취가 뜸하여
눈이 가는 산봉우리마다 저녁이 오는가 싶은데
헛됨의 가벼운 열망 하나 내리지 못하는
내 몸에서는 무거운 돌덩이가 운다
아무래도 이 무심한 터가 나의 거처는 아닌 듯하여
옷깃 툭툭 털어 산을 내려가는데
개울물 맑은 소리가 먼저 길을 잡는다

사랑 1

햇살을 보려고 베고니아를 심습니다
바람을 보려고 은사시나무를 심습니다
당신을 보려고 기다림을 심습니다

모래시계처럼 옮겨가는 마음입니다

사랑 2

어느 꿈이었을까

지친 내 어깨 위로
마른 바람
스쳐 지난 자리에
하얀 꽃 한 송이 피어나다

제 살로 피운
환희

은하수

세월이 모자랍니다
당신의 여생과 나의 여생 한데 모아
함께 불러야 할 노래 뒷소절이
푸른 강이 되어 흐릅니다

청사포 青蛇浦

청사포의 뱀은 죽어서도
헐떡이는
푸른 심장을 갖고 있지

태평양 남쪽 어느 군도의
시린 사랑에 떠밀려
돌아서 깊은 그리움을 채찍질하며

그 먼 거리를
질척이는 숨결로 기어 와서는
모래펄에 마지막 기억을 놓는다

등 따가운 햇살과 바람과 비
별과 달의 그림자
모든 푸른빛으로 내 앞에 누운
고행의 순례자, 소금기 절은 그대여

그대가 부려둔 침묵의 언어로

나는 한 편의 시를 쓴다거나
홀로 앉아 짭조름한 소주를 비우나니

이렇게 빈 하루가 간다

부재중

하루의 곡선이 날개를 접는 저녁답
내 그리움의 번호를 찾아
너를 수신하는 전파를 보낸다

너는 어디에도 없는가
부재를 확인하는
정적이 오래 슬프다
너에게 가는 길은 같은 허공을 맴돌고
중심의 밑동을 밀치고
감겨오는 잔뿌리

창문을 열자 서쪽 하늘에 숨겨두었던
초엿새 햇솜 같은 달그림자가
노을 속으로 사라진다

한로寒露 상강霜降 지나고 겨울로 가는
싸늘한 풍경을 펄럭거리며
너는 언제나 내게 부재중이고

하늘은 잿빛 기다림이다

인드라망indramang

숲길을 걷는데
어떤 열매 하나 발아래
툭 떨어집니다
머리 위를 쳐다보니
이쪽 나무를 붙들고
저쪽 나무를 건너
거미줄 출렁
햇살을 감고 반짝입니다

짓기보다 허물기가
더 어려웠을 겁니다
얽히고설킴이
이렇게 자유라는 것을요

가을숲에 들다

사랑은 멀리서 와서
가장 가까운 곳에 머무나니

해 저물자
나무와 나무를 건너던 새들
어디로 돌아가고
붉어진 하늘, 지상을 내려다본다

이어 어둠이 내리면
내 안의 기쁨과 기대는 사라지고
눈부셨던 그대의 시간 위로
흘러가는 바람의 길을 따라
추운 나뭇잎 몇 장 흩날리려니

사랑은

어둠은 폭력이다
허문다 일체의 향기와 윤곽을
허문다 일체의 기억과 관계를
그대 위험한 논리도 어둠 안에서는
흩어진 파편

화살은 찰나에 가까울수록 깊이 박히고
사랑은 어두울수록 명료해진다

지상의 꽃이 다 지고
깊이 암흑에 잠길 때
그때 사랑은 혁명보다 강해지는 것

모든 것을 다 잃고 너덜해진 가슴으로도
그리워하고 안을 수 있을 때
사랑이 사랑인 것이다

되돌아올 수취인이 불분명하고

골방에서 똬리를 틀어 빛을 보지 못해도
가슴 하얀 새 한 마리 날려보내는
문득 그것이 사랑이다

한밤중에 가만히
기운 새의 울음처럼 가슴으로 저며오는
그것 말이다

노란 신호등

깜빡 망설이는 사이
판단의 여지는 사라지고
세상 물길은
내 의지와 무관하게 흘러간다

3초
길고도 짧은
그 속에 잃어버린 사연만 깊다

2 부

절 반 의 얼 굴

복수초 피다

돌아보면
눈물 없는 사랑은 없다
사랑 없는 눈물도 없다

눈물 그렁이며 세상을 보아라
눈물 떨군 자리
삶은 향기로 피어나리니

사랑은 그런 것이다

* 복수초 꽃말: 슬픈 추억

절반의 얼굴

사람의 보이는 한쪽 모습이
남은 반대쪽 모습과 거의 흡사하다는 건
다행이다 흡사할 거라는
어느 개그맨이 TV에 나와
슬픈 느낌과 기쁜 느낌을 한 얼굴에 지어 보이는
그는 정말 기뻤을까 슬펐을까

내가 내 절반의 얼굴을 가릴 때
마음도 그렇게 절반 가려지는 줄 알았다
세상의 시선은 다분히 주관적이어서
언제나 보고 싶은 것만 보이는 법이지
내 숨겨진 절반의 표정은 그냥 어둠이란 걸
까맣게 잊어버린 어느 날

넝쿨에 감겨 제대로 눈도 뜨지 못하고
고통 속에 있을 내 절반의 표정이여
보석 같던 희망이 검게 그을린 채
그동안 많이 쓸쓸했을

오늘 밤은 내 얼굴 반쪽을 돌아 눕힌다

바람 부는 날

바람은 늘 흔들리는 것에서
흔들리지 않은 쪽으로 불어댔다
흔들리는 것들이 몸부림칠 때
흔들리지 않는 것들은 버디딜 곳을 다지느라
미리 굳어 버렸다

바람은 혼자 소리내지 않았다
더 흔들릴 것 없는
빈한한 내 마음에 균열을 키우고
흐르는 세월 채 걸러내지도 못했는데
미련으로 채우더니
가슴에서만 공명하는 큰 울음이 되었다

사는 일도 떠나보면 안다
제 안에 무엇이 박혀 있어
가슴 허허 비명 내지르는지
무턱대고 떠나온 길을 따라
낯선 거리를 떠돌다

캄캄한 가슴 부려놓고
주저앉아 바람처럼 울어보면 안다

그 집

늦은 시각 마음의 허기를 채워주던
그 집의 온기

역병으로 사람의 거리가 멀어지고
내친 발걸음 머뭇거리며 들어선 골목
찬 바람이 한차례 어둠을 밟고 지나가고

그래도 단골이라고
인적 없는 좁은 길을 외등에 의지하며
지친 걸음으로 찾아간 그 집
불은 꺼져 있고

아무리 피고 지는 것이 사람의 거리라지만
그리운 국밥 한 그릇의 온기
내 돌아서는 발자국 위에
어찌 그리운 이들이 찍혀 나는지

지워지지 않을 화인火印처럼

낡은 문 앞에서는
젖은 낙엽 무겁게 흐르고

길 위에서

강물이 스스로 맑아지고 고요한 것은
흘러가는 것 흘러가는 그대로
한번 떠난 자리
다시 돌아오지 않기 때문입니다

한여름에도 내 마음에 폭설이 내리는 것은
그대 비껴간 모든 것들에
바람소리 얹히고
나의 새벽 희미하게 떠오르는 능선을 따라
새날은 돋아나기 때문입니다

이미 떠난 것들은 지워지지 않고
출렁이는 물결로 나를 흔드는데
어둠은 이리 쉽게 다가와
잊으라 잊으라 마음속 폭설 지우며
별도 뜨지 않는 허공의 길을
눈물 없이 건너라 다그칩니다

수련睡蓮

세상 바깥 언저리
낮은 일렁임에 발목을 묻은 채로
혼탁해져 가는 바람의 경전을 읽는다
자유가 도리어 구속이 되는
허공을 본다

발걸음 한 올조차
힘을 빼지 않고선 견딜 수 없는
몸속 가득 고인 눈물이 돌고
침묵에서 침묵으로 이어지는 하루가
바람의 곡조로 떠도는
안압지, 진여眞如의 푸른 눈빛이 흔들리고 있다

찔레꽃

하얗게
새하얗게
그게 언제였던지
곱던 자태 흩어져 버리고

붉디붉은 그리움
한 아름 달고서

오늘은 또
누굴 기다리나
눈 내린 뒤의 하늘은
이리도 청청한데

오래 묵은
사진첩에서 집어 든
차가운 그대

귀걸이

채 피지 못한 꽃잎
귓전에 숨어들어

설익은 마음을
벼랑 아래로 밀어 놓기도 하다가
구름 위로 둥실 떠다니게도 하다가

그대 목소리 들으려
숨죽일 때면
제가 먼저 찰랑찰랑

차마 떨쳐내지 못할 사랑
아슬한 경계에 매달려 핀
꽃잎 한 장

신발

새로 산 신발은 아무래도
빡빡하고 불편해서
오랜만의 외식같이 낯설기도 합니다

뒤축을 말아 눌러 종일을 끌고 다닌
이제는 낡고 쭈글해진
오래된 신발에게 미안합니다

사랑이 그런 것일까요
알고 나서 동행한 것이 아니라
동행하면서 알았습니다

칭얼대며 곁을 지켜주는
닳아진 시간만큼 아프고 친숙하고
흙 묻은 주름마저 애틋해지는

기척

산기슭의 잎이 흔들리는 것은
바람의 손길이 스쳤기 때문이고
내 마음이 떨리는 것은
세월 깊숙이 숨겨둔
그대의 기척이 내 안에
번져났기 때문입니다

닿을 수 없는 것들이
바람의 전언을 따라
비로소 만날 때
일어서는 파장
물 위에 무늬를 내는 것이라

사람의 마음도 이와 같은 것
장엄한 어떤 명언도
그대 한 줄의 미소만 못하니
뒤척인 밤이 다시 환해지는 까닭은
그대가 그곳에 서 계심입니다

COVID-19

피할 수가 없습니다

개울물 찰랑찰랑
햇살은 넘실넘실
꽃살 보풀대던 그날이
안타까운 기억으로만 남아
하루하루 죄없이 견디는 불안이
무거운 수레를 끄는 심정입니다

사람이 사람을
겨냥하는 이 혹독한 눈빛
꽃을 피우는 마음
바람을 전송하는 안타까움을
잃어버렸습니다

거리는 한산하고
공원에는 여윈 개 한 마리 어슬렁댑니다

황폐함에 익숙해진 사람들
마음의 웅덩이를 파고
스스로 갇혀 듭니다

바벨탑, 저 홀로 무너집니다

선상에서

하늘과 바다 사이 셋방 하나 얻어서
낮달을 훔쳐보는 나른한 날
흔들릴 때마다 출렁이는 구름
뱃전에 스쳐 가는 세상 속으로
곤돌라 뱃사공이 풀어 놓은 노래
밤이면 가난한 별빛과 더불어
얼룩진 달의 눈물을 닦으며
한 열흘 꿈인 듯 살고 싶어라

이승엔 이리 햇발이 좋은데
그대 떠나신 뒤
푸른 이끼만 낀 마른 우물
돌아갈 곳 없는 길 위에서
설워하던 청춘의 날을 기억하노라

아련한 구름 그늘에 꿈결처럼 누워
가고 오는 것들의 간절함을 생각하네
세상이 온통

강물 그림자로 출렁이는 낮은 오후

꽃을 줍다

마른 꽃잎 같은 허리에
생계가 한 짐인 개미
리어카 가득 꽃잎을 끌고 간다

차곡차곡 접어 실은
고봉의 꽃잎 위로
여름 저녁해가 올라앉았다

향기 대신 궁핍만 모질게 들러붙은
꽃잎의 층층
골 깊은 주름으로 겨운데

꽃 한 송이 피울지 몰라
가엾도록 낡았다 저 몸
지금이라도 구겨져 폐지가 될 것 같은

더듬이 세워 먹이를 끌고 가는
남루의 어깨너머로

꽃잎 한 장 둥둥 떠다니고 있다

밀물이 썰물에게

더러 사람이 주는 상처에조차 허기가 져서
당신은 푸른 물살에 갇히고
나는 벽지의 그로데스크 문양에 갇힌 채
무릎을 둥글게 끌어안습니다

가늘어지는 다리와
흐릿해져 가는 기억을 아파하며
삶에 대한 미천한 농담 하나
흩뿌리며 살아도

바다를 딛고 사는 당신이나
땅을 딛고 사는 나나
하늘 아래 갇힌 건 매한가지

보이지 않는 벽에 스스로 이마를 찧으며
살아내는 인생이
벽지 속에서 낡아만 갑니다

벼랑 끝에 서 보아야
비로소 살아온 매 순간이 평지였음을 알게 되듯이
머리 숙여 겸허히 이 가을을 지납니다

리젠시빌라

601호에서는 하수구가 막혔다고
아침부터 발을 동동 구르고
302호에서는 수도관이 파열됐는데
수리비가 70만 원 들었다고 볼멘소리를 하고

원룸 주인인 201호에서는 태풍에
원룸 CCTV가 고장 났다고 울상이고
502호 아줌마는 목발 짚은 딸내미가
엘리베이터를 탈 때까지 열림 버튼을 누르고 섰다

코로나에 갇힌 미국에 있는 딸 걱정에
901호 아줌마는 늘 마음이 바쁘고
칠순이 넘은 경비 할아버지
나만 보면 시집을 달라고 한다

어디서는 탱글하니 감이 익어간다고
전언이 오는데
리젠시빌라 집집마다

근심만 도톰도톰 익어가는 가을
코로나가 한술 더 뜬다

나는 이 근심에
노래나 몇 곡 입히면서 시간을 지운다

구름 너머로 토실한 홍시 같은 낮달
저 혼자 빙긋이 웃고 있다

병실 1302

잠시 이 길목에서 쉬어가라고
가만히 나를 눕힙니다
창밖에 겨울바람 매서운데
마른 풀들 대지에 몸을 눕히듯이

이불 밖으로 나온 잠은
다시 들어갈 기척도 않고
손에는 그러쥔 꿈들만 아득합니다

거슬러 올라간 강가에는
어릴 적 벗어둔 동무의 흰 운동화 한 짝
그 초록의 나이에 내가 잡으려 한 것들은
모두가 허상이었습니다

시곗바늘은 내 얕은 숨소리로 허덕이며 흐르고
똑똑 떨어져 빈 봉지로 남을 수액처럼
사람을 향한 기억을 버리는 일이
나를 한 방울씩 비우는 일이

거듭 소중한 일과가 되었습니다

세상에서 들려오는 모든 언어가
잠결의 허망한 소리로만 들리는 1302
진통제에 녹아든 가녀린 숨결 따라
이 아침, 생生의 곡절만 깊어집니다

이별 앞에서도 담담한

사랑한다 곁을 속삭이다 돌아선 뒷모습도
꺾어진 골목 외등 아래
그닥 쓸쓸하지 않은

쏟아지는 빗줄기 앞을 가려도
질끈 눈 한번 감고 뜨면
다시 햇빛 비칠 줄 알아

눈빛을 보고 목소리만 들어도
당신 가슴 속 쟁여진 상처가 보이는

모든 금지된 것들이 가벼워지고
오래 꿈꾸어 오던 것조차 날려 보내고
이제는 말간 하늘만 바라보는

저녁마다 순한 수저 한 벌 가지런히
밥상 위에 놓아도
외로움이 외로움인 줄 모르는 나이

꽃과 별 사이

나만 보면
밥 많이 먹으라는 사람이 있습니다
각별하지 않아 더 각별한 사이
같은 안부만 묻는 그대로 하여
나의 일상은 고장 난 자전거
이렇게 항상 털털거립니다
그대만을 별쯤 꽃쯤
혹은 그 별과 꽃의 가운데쯤 있는
풍경으로 놓아둡니다
낙엽이 흙이 되는 일처럼
살다가 가뭇없이 잊혀져도
평생 지워지지 않을
손 닿을 수 없는 그곳에 있어
더 단단한 그리움
사랑 아닌 사랑으로 읽히기 전에
꽃은 늘 별로 피어납니다

젖은 아침 그리고

움푹 팬 길 모퉁이마다
휘청이며 살아온 옹색한 얼룩
그래, 희미한 저 길을 따라가다 보면
오래된 내 눈물 만날지 몰라

하늘인지 바다인지
떠도는 수천의 말들이
나를 두드리고 깨우며 젖은 아침
그리고 외진 섬 하나

그대

내 삶의 긴 문장 안에
어느 봄날 살풋 내려앉은
햇살 한 올의
기척

그 발원發源을 알지 못하나
아득한 거리
천년을 곧장 날아와
나를 눈물 그렁이게 하는
이 온유함이여

3 부

그 리 움 의   거 처

그리움의 거처

어머니, 온 산을 다람쥐처럼 쫓아다니며 고사리를 꺾어 말
려 짚으로 엮어 오일장에 가면 오시는 걸음 보따리에는
할머니가 드실 동글달콤한 분홍 점박이 과자가 들었고 고
등어 한 손 알록달록 내가 입을 옷이며 아버지의 밀짚모
자 보따리 속 엄마 것은 하나도 없고 오자마자 우물가로
가 찬물 한 바가지 벌컥벌컥 마시고 귀한 고등어 찬으로
늦은 밥상을 차리시던 어머니

어머니, 지금도 내 그리움의 거처는 고향집 마당 위에 하늘
을 가로질러 널려있던 빨래 그림자 밑입니다 어머니의 치
마폭 드리운 그늘 평상에서 고단한 잠 한숨 자고 나면 허
덕이는 세상 어머니처럼 사철 푸른 바람이 될 수 있을까요
고사리 힘줄 같은 내 어머니

새끼손가락만 하던 내가 이만큼 자라 마트에서 카트를 끌
어보니 죄다 자식들 먹을 것밖에 안 보이고 내 입에 들어
갈 건 아까워서 손이 오그라듭니다 바람과 햇살을 고루
먹은 어머니의 장독대 그 구수하고 묵은 사랑 제대로 익
혀낼 수 있을까요 엄마로 산다는 것이 이렇게 가슴 젖어
드는 그믐달 같은 일인지

아버지의 달
— 센베이 과자

저녁답에 나가본 노포 시장
바알갛게 젖은 구름 속으로
문득 새 한 마리
낮게 울면서 노을을 찢고 사라진다

바람은 아무 말 없이
푸른 나뭇잎들을 밀어 올리고
그리운 것들은
왜 모두 가난한지

시장 좁은 구석에 들어선 리어카 위에
아버지가 사 오시던 조각달이 떴다
그 달 한 봉지 사서
환하게 베어 물고 올려다보는 하늘

입에서 은근한 파래향이 난다
세월 지나도 마르지 않고
이렇게 기억이 흔들릴 때마다 가슴에 젖는

나에게로 흐르는 아버지의 달

빼꼼한 지창으로 달이 돋는 밤이면
그 달 가득 베어 물고
밤을 새워 나는 배고프지 않았고

열두 살 송편

송편 예쁘게 빚으면 예쁜 딸 낳는다 하시던
엄마를 배웅한 지 오래
예쁜 딸 대신 장골만 한 아들만 둘이니
애당초 내게 송편은 읽다 만 책 같은 것

열두 살 조막만 한 손 위로
따뜻했던 엄마의 미소가 그리운 날
가마솥에서 쪄낸 솔향 가득한 송편은
사십 년이 지나도 열두 살 아이의 마음으로 읽히고

시절이 수상하여 자꾸
꿈속에 나타나는 어머니
물들기 시작하는 나뭇잎 하나 흔들거려도
출렁 가슴이 내려앉는

초승달을 삼킨 조각구름처럼
송편을 넘기는 목이 자꾸 아프고
모래바람 같던 세월은

더는 자라지 않는 키로 남아
나지막이 울고 가는 밤

달개비꽃

굽은 길 검은 아스팔트 위로 달개비꽃
아슬한 목숨의 마지막 뒷심으로 피었다
꺾인 관절마다 잎을 피워
오직 돈독한 힘으로 꽃을 들어 올렸다
생生이란 이런 것이다
무릎 꺾일만하면 일어서고
드러누운 몸 여기가 끝인가 싶으면
몸 열어 잎을 틔우는
아, 저기 대견스레 몸 흔드는 청보라빛 눈물

기억의 마른 우물처럼 움푹 꺼진 눈자위
언제나 마지막인 듯 겨운 광합성
너에게 스며든 하늘빛이 어두워
내 돌아서는 길이 잠시 흐려진다
쓸쓸한 영혼의 꽃등에 안부를 더듬어 가면
황색 경계를 풀어놓으며 멀어지는
너, 눈물겨운 중앙선

새벽강
— 어머니

강물도 오래되면 절로 깊어져
물굽을 만들지 않는다
넉넉하고 천천한 강물은
그 속 얼마나 검게 흐르는지
누구도 없는 어둔 새벽
깊은 한숨으로 물안개 가득 피워 올린다
구름이나 하늘, 나무와 새, 어둠 속 별빛까지
두근거리며 제 몸에 온전히 담아내려고
서둘러 출렁대지 않고
제 이랑에 제 그림자 담는 법이 없다
세월의 더께가 무거울수록 잴 수 없는 속내로
상처는 물 깊은 아래로 두고
모든 풍경의 기꺼운 배경이 된다

흘러갈 뿐
그는 뒤돌아보지 않는다

푸른 기억

합천군 쌍책면 상신리 도방
우리집 돌담 옆에 작은 꽃들 피었고
사랑채로 내려가는 마당 가운데로
삐뚤삐뚤 얄팍한 디딤돌 놓여 있었다
피자두 열매는 마을 아이들이
짬짬이 서리하기 예사고
닭장 속 암탉은 새벽녘 울음을 그친 뒤
동네 청년들의 안주가 되기도 했지

꼬장꼬장하시던 할아버지
글 가르치는 훈장님이라서
곰방대 물고 다니시면
마을 사람들 다 허리를 굽혀
그 뒤를 쫄랑쫄랑 따라다니며
개살을 부리던 내가

어느새 며느리 볼 나이가 되어
돌아보면 그 마을 온데간데없고

찬 바람만 불어대는 산 아래 작은 마을
시집살이 끝이 없던 울어머니 앞치마
눈물 훔친 자국만 흔들려 보여

이적 살아온 내 부끄러움의 크기는 얼마인지
이리저리 삶의 무게를 짚어내는 오후
채우지 못한 그림처럼
허공에는 쓸쓸한 새 한 마리
서쪽으로 길을 내며 날아가고 있다

엄마는 색맹이다

울엄마, 보고 싶어라고 적어 보내면
걱정이네 하고 답이 왔다
지난겨울이 서릿발 같은 때 엄마는
봄옷을 다 꺼내 놓았다
마음에 벌써 봄 햇살을 들이신 걸까
감당하지 못할 일들이 눈앞에 닥치면
엄마는 아이처럼 웃고 떠들었다
슬픔의 색과 그리움의 색을
분간 못하는 색맹
엄마는 몰랐다
몸에만 상처 있는 게 아니라
마음에도 허공이 있고
그 허공에 깊은 바람도 들 수 있다는 걸
나를 보면 웃기만 하던
나의 심장 깊숙이 박힌 상처까지도
향기롭고 기쁜
꽃으로 읽어주던 울엄마
세상 길에 고운 걸음으로 나들이 가던

색맹이 그립다

하늘바닥

우물에 든 하늘
무엇이든 바닥을 알지 않고서는
제대로 된 높이를 가지지 못한다

바닥은 제 고향집 마당 같은 것
사는 일도 이와 같아서
다 두고 떠나와 살고 있어도
마음바닥을 기억하는 사람의 발자국은
함부로 흩어지지 않는다

물은 그냥 제 자리에 있는데
하늘이 스스로 내려와 담기니
수면은 하늘로 출렁이고
구름에는 푸른 물무늬가 새겨지기도 하는 것이어서

바닥이 깊을수록
그 물길을 보는 사람의 눈도
맑아지는 것이다

물의 지문

가을비에 생긴 작은 물웅덩이
여기 햇살처럼 비쳐든
가난한 우리 엄마, 늙은 엄마
죽어서도 큰 집 품지 못하고
작은 얼굴 작은 웅덩이 우리 엄마

햇볕 아래서 꺼내볼 적마다
살이 베이도록 아픈 엄마
가벼운 바람에도 살랑 흔들리는
물의 지문처럼 우리 엄마
이렇게 일렁이는 그리움으로 오나

허공을 따라 빈손 꾹꾹 짚으며
우리 엄마 얼굴 만질라치면
손끝은 바르르 떨리는데

아나, 차비 보태라

그해 여름, 고향 떠나올 적에
아나, 차비 보태라
낡은 지갑을 여시던 아버지 등 뒤로
성급한 코스모스 활짝 웃고 있었지요
살 오른 벼 잎삭만 매만지다
버스가 오고 마알간 유년의 기억일랑
두물머리 강물 위에
둥둥 떠워두고 돌아서야 했지요
세월 지나 다시 찾은
아스팔트 포장된 정류장에는
코스모스도 없고
빛바랜 볏단조차 보이지 않았지만
변함없이 흐르는 강물 위로
아나, 차비 보태라
다정한 목소리 여전히 손 흔들고
눈물 감추며 돌아선 비탈길엔
아버지 기침소리 홀홀
갈대꽃으로 흩날리고 있었지요

정지된 테레비

늙은 아버지 언덕배기 올라가서 테레비 안테나를 이리저리 돌리시고 나는 집 마당에서 큰 소리로 '안 보여요 보여요' 외치던 시절이 아득합니다 아버지 시골집 팔고 부산에 내려와 종일 닭장 같은 집에서 기우뚱하니 흑백 테레비 마주하며 담배 연기만 피우시다 장판 아래 숨겨둔 꼬깃한 지폐 몇 내게 건네시고는 다음 날 잘 있으라는 말씀도 없이 가셨지요 즐겨 입던 그 모시적삼의 까슬한 감촉만 두고

저녁에 잘 나오던 테레비가 문득 잠겨 리모컨을 이리저리 눌러보다가 산언덕 멀리 아버지 목소리 들리는 듯하여 왈칵 눈물이 납니다 '보이나? 잘 보이나?' 몸 기댈 아버지 든든한 등짝 떠나보내고 살면서 앞길이 캄캄해 주저앉아 버린 적이 수십 번입니다 지직거리던 테레비 화면처럼요 아버지 아버지

걱정 마세요 아버지 내 삶의 안테나가 바람에 나부낄 적마다 꽁꽁 잘 비끄러매겠습니다 남에게 손가락질받지 않고 잘 살겠습니다 새끼들이랑 밥 굶지 않고 더는 넘어지지 않고

달의 노래

그림자조차 풋풋한 시절
그 그늘 속
새가 날아들어 춤을 추던 어느 날
여린 잎사귀 후두둑 떨어지고
우뚝 선 나무 한 그루 쓰러졌지

까치가 물어온 소식은
허공으로 흩어지고
처마 밑 까치집도 허물어졌지

희망은 모두 사라지고
새들은 다시 찾지 못할 곳으로
은둔해 버린 지 오래

그런 날은 창을 열고
가만가만 달을 노래한다네
아무도 듣지 않을 노래를
소녀는 부르고 있다네

산굼부리

누구나 저만의 고통스러운 흔적 하나쯤 가지고 있지
산굼부리 그 거대한 상처 속으로 걸어 들어가
한라의 거친 숨소리를 듣는다
수만 년 식지 않은 위풍당당의 뜨거움
아픈 기억도 모가 닳고 나면 아름다워지는가
새가 날고 꽃이 피고 바람도 드나드는 이곳에
멀리서 들려오는 파도소리를 따라
어쩌다 기울어진 노을빛 닮은 여자가 찾아와
바위틈 은밀한 사연 몇 줌 부려놓고 간 저녁이면
산굼부리 맴도는 바람소리가 심상치 않거니
청노루 한 마리가 빤히 쳐다보더니 나무 뒤로
슬쩍 사라지고
짠내의 바닷바람이 몰고 온 낮은 어둠
나는 어디로 돌아가야 하는지
산굼부리 오래된 상처 위로
무심한 세상의 달 하나 뜨고

그네

천년도 더 기다린 내 기다림이
구름 없는 날
홀로 바람을 탑니다

흔들림의 축은
바람의 반대편에 있다던
당신의 그림자는 결박된 지 오래

결연한 사유로
차마 버리지 못했던 푸른 기억이
굴절된 세상 속에서 흩날립니다

가시지 않은 온기
홀로 아프다고 흩날립니다

몸살

집안 따뜻한 곳에서 애지중지 아껴온
보랏빛 히아신스 한 포기
이렇게 혹한을 넘기는가 싶은데
잠시 눈 돌린 사이
그 깊은 향기를 지우고서
이 아침 열망을 꺾어 버린다
뿌리가 흔들리고 잎이 노래지고
말라가는 줄기로 껵껵 울음 삼키며
버텨온 시간이 아득해진다
푸석해진 구근에 모래흙을 다시 덮고는
괜찮다 괜찮다 두드려준다

오늘과 내일 사이에서
지금은 잠시 쉬어가는 시간

붉은 저녁의 강

전봇대에 앉은 새는
바람을 읽는다던 아들은
제 몫의 세월을 읽지 못해 허둥대고
머리가 희끗한
어미의 거울은 먼지가 앉았다

무료하게 걷다가 만난 저녁 강가
붉은 도시가 거꾸로 누워 어디론가 흐르고
다섯 살 때 교통사고를 당한 후
성장이 멈추었다는
지인의 딸 하얀 이마가 푸르다

새 한 마리 낮게 날으며
안개에 젖은 물의 경전을
날개 안으로 받아들이는 침묵의 시간

휘청이지 않고서는 걸을 수 없는
아픈 생生의 문장과 문장 사이

한 방울 이슬이 맺혀 있다

담쟁이 1

구름 따라 걷네
누구도 방해 못 할 저 하늘로
내가 나를 다독이며 걷네
아무렇게나 소리 내어도
아름다운 화음
오래오래 따박따박 걷네
그것뿐이네

담쟁이 2

아버지 눈을 피해 살금살금
뒷문으로 기어나가서는
일부러 찾지 못하게 헛간
어두운 구석으로 가
몇 시간을 숨죽여 숨었다가
혜성처럼 등장하면
아버지는 화도 내지 않고
안도의 긴 숨으로 안아 주었다

어린 나는 더 재미가 나서
음지로 음지로
아버지가 가지 말라는 곳만
숨어다녔다
아버지는 내 뒤를 종종종
따라다니면서 늘 말씀하셨다

윤아, 너무 위험한 꿈 꾸지 말거라

4 부

지 극 한 사 랑

지극한 사랑

늦은 햇살이 내려앉은 베란다
작은 토분 속 소담한 풀꽃더미 위로
다른 무늬의 집을 지닌 달팽이 연인
어루만지고 또 어루만지고
까슬히 지친 서로의 가슴 위로
천천히 아주 천천히
군더더기 없는 마음을 얹고 또 얹고
세상 그지없이 순한 몸짓으로
스미는 바람에도 아아 감탄이 절로 흘러나오고
오래 묵혀온 그리움이 여기쯤서
흩어지고 또 흩어지고

그리하여 시들어가는 풀꽃더미 속
젖은 노을처럼
두 생애가 하염없이 저물어가는 일
흩어진 시간 속으로
그렇게 잊혀지는 일

나는 기우뚱

지구는 참 감당하기 쉽지 않은 사연들을 품고
하늘과 땅을 펼쳐놓으며 잘도 돌아간다
배후에서 그를 버티게 해주는 그리움의 무게

그대는 아는지 몰라
타인이면서 아주 묵직하게 내 안에 자리 잡고
나를 밀고 당기거나 나를 제어하는
아득한 그림자로 존재하는 그대

내가 홀로 길을 걷거나 차를 마실 때
그대 지척인 듯 아득한 거리
처음부터 또는 내 죽고 난 후에라도
끊어지지 않을 영원의 거리
나는 기우뚱, 그대 향해 기울어져 있으니

세상의 저울로는 감히 측량할 수 없는 무게
어쩌다 얼굴을 마주할 찰나를 영원 삼아
무거운 그리움의 배후가 되어

이 안타까운 궤적을 돌고 있는 것이다

아젤리아, 사랑의 기쁨

누군가를 사랑한다는 건
우주를 품는 일과 같아서
삼라만상이 꿈길 같아도
내 심중에 박힌 별 하나 밝히기 위해
스스로 어둠이 되는 일이다
뜨거운 별 하나 가슴에 품고
스스로 길이 되는 일이다

이 세상에서
내가 불러줄 이름 중에
가장 아름다운 이름 하나 부르기 위해
별이 꽃이 되고
꽃이 별이 될 때까지
바람이 지나는 길섶에서
하냥 기다리는 일이다

기다림의 시간이 쌓이고 쌓여
모든 습기나 향기를 날려버린

그 틈새 아름다운 기억들은 화석으로 남아
나를 견디며
심연 깊숙이 소망의
노래 한 자락 퍼 올리는 일이다

유리 화병 속의 아젤리아 꽃잎이 몸을 낮추는
늦은 여름날 저녁
누군가를 사랑한다는 건
이렇게 서로의 영혼 깊이에 파인
그리운 상처 하나쯤 되는 일이다

* 아젤리아 꽃말: 사랑의 기쁨

깡통

깡통 하고 불러보면
내가 왜 부끄러워지지?
누가 나를 부르는 것만 같아
가을 햇살에라도
이 가벼움을 들켜버린 것 같아

나는 당신의 쓸쓸한 애인
당신이 툭 던져놓고 간 이후
바람에 구르며
온 마음 긁힌 상처로 견디다
그냥 찌그러지고 마는
나는 당신의 목마른 애인

이대로 밟히고 밟히면
처마 끝에 슬프게 매달려
기운 목숨 하나 뎅그렁
나는 납작한 풍경이 될지도 몰라

길바닥에 누워 꿈을 읽어 보는

그러다 내 속에 가을바람이라도 차고 넘쳐

어쩌면 후— 하고 풀 소리가 날 것도 같은

나는 이렇게 쓸쓸한 애인

등꽃

지천으로 향기를 퍼뜨린들
그대 사는 마을에 닿을 수 없어
흐린 사랑의 기억만으로
내 보랏빛 우울은 말라 갑니다

저녁 강기슭 낮달은 지고
그대인 듯 낮게 다가오는 물소리
어두워지는 산 너머로
나는 작디작은 눈먼 새
바람에 여윈 어깨가 이렇게 아립니다

차마 등불 하나 내걸지 못한 채
희미한 별 하나 떠올려 보는
나는 어둠입니다

가을 립스틱

지난 계절을 필사하던
단풍은 나날이 짙어가고
바람은 수시로 나를 훔쳐본다

립스틱을 발라도
입술은 창백하여
어느 나른한 날
봄날의 눈사람이 되어
너를 읽음으로
그렁한 내 고독도 함께 읽는다

세상에 없는 빛이
네게 있다 하여 따라 걷는 길
그 속이 환하다

송이송이
국화꽃 피고 있다

안드로메다의 기억

짧은 기억일수록 좋다
졌다 피고 피었다 지고
길을 가다가 만난 사람 그와 나눈 언어가
내 동공 속에 머물다
꽃잎처럼 어디로 흩어지고 나면
우리는 다시 순한 초식동물이 되어
각자의 방향으로 길을 잡는다

영원한 실체란 우리에게 존재하는가
제 기거할 집은 있어도 없고
마음 깊은 사랑은 없이도 존재하는
희미한 일상을 따라가는 이 흔적의 무게를
지우며 덜컹이는 버스의 창문
바깥의 풍경은 가까운 듯 멀고

젖은 안개의 시간을 얼마나 걸었는지
헛헛한 마음이 바람 되어 서성이는 늦은 시간
떠나간 발자국처럼 별은 뜨는데

그 낯선 길 낯선 시간을
바람 되어 걸어가는 여행자 하나 있을까

붉은 새

귓볼에 매달린 달빛 귀걸이
제 빛을 잃어갈 때쯤
숨겨둔 그 사랑 잊겠습니다

짧은 이별의 말 남기고
차마 돌아선
당신의 선연한 눈빛만
이리 흔들립니다

가을 엽서 한 장
단풍으로 물들어가면
저무는 어느 뒤안길에서
붉어진 마음으로
까무룩 당신을 잊겠습니다

얼어붙은 강바닥에서는
물의 맥박 소리에만 귀 기울이듯
당신을 향한 내 눈과 귀는

오래된 시간 속을 떠돕니다

드라이플라워

꽃으로 핀 사랑 너무 아름답다가
눈길 받지 못한 사이 슬며시 시들어
스러지는 모습 안타까워
가슴 서늘한 그늘에 매달아 놓습니다

종잇장같이 창백한 잎
오가며 그리움 나르던 물관도 말라
환희의 기억만 아린 흔적으로 남은

이 지척의 거리에서
그대 불러보지도 못하고
차마 부서질까 다가갈 수 없어
향기 잃은 채 메말라가는

이젠 꽃이 아닙니다

풍경風磬

처마 끝에 나앉아
훌쩍거리는 저것은 풍경이 아니라
그 속에 기른 물고기의 울음이다

속이 없어 얄팍한 것이
낙숫물이 파놓은 댓돌 웅덩이에
물이라도 괴면
비늘 털며
가슴앓이를 하는 것이다

감당하기 힘든 사랑 하나
오목가슴으로 키우며
그대 사는 아득한 마을의
종소리가 되는 일이다

한실 저수지

한실 마을이 잠겼다던 저수지에 나가
세상 가장 낮은 곳으로 흐르다 잠긴
잊힌 것들의 배경이 되어준 수면 위
빛살로 넓혀가는 나무를 본다

저 찰랑이는 물길 속
숨겨진 사연이 아프면 얼마나 아팠으리
뿌려진 눈물이 짜면 얼마나 짜리
맺지 못한 사랑 버릴 수 없는 인연
모두 같은 고랑고랑의 물길로 찰랑이는데

사는 일은 맺고 잊힘의 연속인지라
지금 이곳은 아주 고요로운 풍경
오래 나를 지탱해 주던 논리며 자각들이
붉게 번진 노을 가벼운 범람으로
세상 흰 눈 덮인 듯 누가 다녀간 흔적 없는
그렇게 잊힘의 징검다리를 건너는 것이니

돌아가야 할 길은 아득해 보여
물속 어느 묘지보다 나는 더 낮게 누웠으나
나를 떠나지 않고 이렇게 찰랑이는 그리움
앞선 바람의 길을 따라 걸으며
낯설어 오는 이 기억을 침몰해야 하는지

빈 바다

파도 끝자락 어느 기슭에 선
중년 남자의 긴 그림자가 야위었다
그 그림자 위로
어지럽게 발자국들 깊이 파이고

젊음이 갉아먹은 둥근 어깨 위로
덕지덕지 눌어붙은 피곤과 쓸쓸함이 어두워져 간다

이 가을 저녁 어쩌면
그도 아득한 생生의 가뭄을 채우려
여기에 온 것일까

고된 그림자들이 잠시 와서
목을 축이고 가는 곳
까마득히 달이 뜨고
밀물 썰물로 포개지는 사연들이
머뭇거리며 밤새 뒤척여도

비우고 부서지고

슬픔을 삼키는 일에 익숙해진 몸

저 혼자 바다 위를 출렁이고 있다

강의 무게

기력을 잃은 들풀들이
앙상한 가슴을 비벼대고 있다

닿지 못한 마음들이
잠시 붉은 노을이 되었다 사라지고
마른 억새를 매만지는 까실한 손톱 위로
어둠의 별들이 아프게 파고드는데

낮부터 윤기를 잃은 햇살이 머리카락 사이로 들어와
발치에 뚝뚝 떨어지기 시작하더니
걸을 때마다 무거운 그림자가 되어 발목을 감는다

날이 어둑해지자 바람은 점점 거세어져
따라 걷던 그림자는 기척이 없고
강의 무게는 모래톱을 차오르며
돌아가는 나를 불러 세운다

아직 떠나지 못한 겨울 철새가

휘— 휘— 그 그림자만으로

강기슭을 에돌고 있는 스산한 때

겨울 여행

나, 알지 못할 생生의 어느 정점을 향해
지금 터벅대며 걸어가는 중

안구건조증이 걸린
흐린 동공은 자꾸만 바람이 고여 맵고
장갑 한 짝을 잃어버려
호주머니 속 손은 점점 시려온다

더러 비나 눈이 오는 날에는
하늘과 땅도 하나가 되는데
사람의 가슴과 가슴 사이는
왜 이다지 멀기만 한지

귀가를 서두르는 저녁 강가
한때는 뜨거웠던 가슴이
파문으로 일렁이는 날이면
이만 걸음을 멈추고
나에게로의 귀환을 꿈꾸려 한다

허락하신다면

나, 낯선 여행지에서

지상에서 가장 향기 나는 열매 하나 취하고

바람결로 묻혀 죽어도 좋겠다

떠도는 섬

강은 산을 둘러 흐르고
산은 강을 품어 버틸 줄 안다

겨울이 와서
뭇목숨의 생장이 멈춘다 한들
강물은 더 깊은 곳으로 흐르고
산숲은 더 은밀한 꿈을 꾸고

귀를 조아려 듣는
땅밑 뿌리의 소리 이파리의 숨결
얼음 아래로 조용한 물의 파문

홀로 흔들리며 걸어가는 사람의
가슴 깊은 곳에도
외로운 섬 하나 떠돌고 사느니

산다는 건
겨울 숲길에 비쳐드는 여린 햇살에

추운 몸 데워가며
다가올 풍경을 예비하는 일

유리창을 닦으며

사랑은 유리창일 거라 생각했습니다
눈 씻고 들여다봐도 그 속은 보이지 않고
바깥의 풍경만 보이는 것이
때로는 너무 차가워 어두워진 성에
손톱으로 긁어도 보고
뜨거워져 아릿한 슬픔
문질러 옷소매로 닦아도 보고
깨어져 예리한 날에
아프게 상처 입기도 하는
사랑은 유리창일 거라 생각했습니다

몰랐습니다
아무리 닦아도 그 사람의 허물만
세상의 더러움만 보이는 것은
내 마음에 낀 욕심 때문인 줄

내 입김에 내 때 불려 닦아야 할
사랑은

마른 혈관으로 길을 내는
얼굴 없는 유리창입니다

석양

지금 나는
내 속에 뜨겁게 불 지펴 오래된 그늘 지우고
번득이며 살아날 별들과
이내 다가올 첫새벽의 풋풋한 새들의 노래를 위해
의연하게 무너져 내리는 중

사는 일, 어쩌면
침묵의 어둠 속에서 무자맥질하는 너에게
혼신의 힘으로 다가가
때가 되면 켜켜이 수몰되는 저 바람의 가지 끝에
사연 하나 걸어두고 떠나는 것이리라

목 안 가득, 달구어온 그리움들
꾹꾹 다지며
무언無言의 빛나는 얼굴로 잊혀지는 것이리라

시인에게

본래 머무를 집이 없는 보헤미안
흘러가는 바람의 터이거나
출렁이는 강물의 수면 위에
유랑의 집을 짓는 그대여
볼에도 눈물 타고 내리면 골이 생기듯
사는 일, 무엇이든 사무치면
허공에도 길을 낼 수 있다는 것을
그러므로 아린 것을 가만히 기억하는
그대 물빛 눈매에서는
하얀 박하향이 난다

해설

사랑과 슬픔의 궁극
— 이지윤의 시세계

구모룡(문학평론가)

1. 시쓰기와 존재의 의미

아치볼드 매클리시는 "슬픔의 긴 역사를 표현하기 위하여/텅 빈 문간과 단풍잎 하나/사랑을 말하기 위하여/비스듬히 기댄 풀잎과 바다 위 두 개의 불빛"이면 좋다고 하였다. 이지윤의 시인됨은 존재의 슬픔을 이야기한다는 데서 비롯한다. 기쁨보다 슬픔이 더 많은 게 삶이다. 무엇보다 인간은 몸을 지닌 유한한 존재이므로 상처와 고통을 품고 살 수밖에 없다. 이러한 인간의 조건에서 서정이 발하며 슬픔을 노래하는 비가(elegy)가 시의 원형으로 자리한다. 그런데 슬픔은 모두 누군가의 이야기이다. 시는 자기의 슬픔을 말하면서 '나와 너'를 묻고 대상과 사물을 더 깊이 이해하려 한다. 슬픔은 사랑과 불가분의 관계에 있다. 먼저 「시인에게」를 읽어보자.

본래 머무를 집이 없는 보헤미안/흘러가는 바람의 터이거나/출렁이는 강물의 수면 위에/유랑의 집을 짓는 그대여/볼에도 눈물 타고 내리면 골이 생기듯/사는 일, 무엇이든 사무치면/허공에도 길을 낼 수 있다는 것을/그러므로 아린 것을 가만히 기억하는/그대 물빛 눈매에서는/하얀 박하향이 난다 (「시인에게」 전문)

이 시편은 시인관이나 시관을 표출하고 있다. 여기에서 이지윤은 시인을 마음의 정처와 안정을 잃고서 유동하고 유랑하는 사람으로 상정한다. 도상의 존재로 '허공에도 길을 낼 수 있는' 시인은 새로운 사물과 마주침으로 교감하고 '아린' 기억을 환기한다. 그저 앞으로 나아가는 행위자가 아니라 상처와 고통을 함의하는 '눈물'과 더불어 심연을 지향하는 '물빛 눈매'를 지닌 견자(見者)로서 '하얀 박하향'을 뿜어낸다. 상실과 부재를 오히려 긍정의 기운으로 생성한다. 어쩌면 이상적인 자아의 형상이라고 할 수 있겠는데 삶에 관한 의지적 태도의 표명에 가깝다. 이처럼 소망하는 자아와 말을 건네는 시인에게 시는, 유동하는 정동을 말하고 의미를 나타내는 매개이자 버팀목이 된다. 그의 시는 자기로부터 시작하여 내면과 외면을 오가며 기억의 흔적을 찾고 마음의 움직임을 표현한다. 가령 「안드로메다의 기억」은 이지윤의 시법을 이해하는 단서를 제공한다.

　　짧은 기억일수록 좋다/졌다 피고 피었다 지고/길을 가다가
만난 사람 그와 나눈 언어가/내 동공 속에 머물다/꽃잎처럼 어
디로 흩어지고 나면/우리는 다시 순한 초식동물이 되어/각자의
방향으로 길을 잡는다//영원한 실체란 우리에게 존재하는가/제
기거할 집은 있어도 없고/마음 깊은 사랑은 없이도 존재하는/희
미한 일상을 따라가는 이 흔적의 무게를/지우며 덜컹이는 버스
의 창문/바깥의 풍경은 가까운 듯 멀고//젖은 안개의 시간을 얼
마나 걸었는지/헛헛한 마음이 바람 되어 서성이는 늦은 시간/떠
나간 발자국처럼 별은 뜨는데/그 낯선 길 낯선 시간을/바람 되
어 걸어가는 여행자 하나 있을까 (「안드로메다의 기억」 전문)

　　만남과 헤어짐은 꽃잎이 피고 지는 과정처럼 '동공'에 영
상으로 머물다 사라진다. 관계와 인연이 이와 같다. 하지만
기억의 흔적이 모두 소멸하지는 않는다. 존재하는 것과 존
재하지 않는 것, 보이는 것과 보이지 않는 것 사이에서 의식
은 움직인다. '영원한 실체'는 없다. 사물로서 집이 있어도
마음의 집이 없을 수 있는 현상처럼 '마음 깊은 사랑'은 없어
도 일상 속에 '흔적의 무게'로 남는다. 지우려고 하여도 지워
지지 않고 의식의 기저에 가라앉는 기억이 있기 마련이어서
간단없이 풍경의 원근을 흩어놓는다. 「안드로메다의 기억」

이 이와 같은 양상인데 그리스 신화의 인유(allusion)에 '안드로메다은하'의 이미지가 포개졌다. '젖은 안개의 시간'은 슬픔을 기억하는 시간이다. '떠나간 발자국'이 '별'이 되어 뜨는 기억의 현상학은 다시 반복될 수밖에 없다. 인생의 '여행자'에게 과거를 완전한 무로 돌리는 '낯선' 초월은 불가능하다. '재귀적 반복'이라는 회억의 과정과 더불어 존재의 내면을 여닫으며, 나아가고 물러서는 수행을 거듭하게 한다. 이러한 과정이 시쓰기이며 이를 통하여 존재의 의미를 얻는다. 시적 화자의 목소리를 빌려 시인은 "희망이란 숨겨진 아름다움처럼 제 안에서/스스로 퍼올리는 샘물 같은 것"이고 "푸른 별처럼 반짝이는 기억이 있다면/아마 그것으로 족한 것"(「비탈에 선 나무에게」에서)이라고 말한다. 내면을 들여다보지 않고 외부의 힘을 빌린 합리화는 참된 삶의 의미가 될 수 없다는 뜻이다.

2. 슬픔과 생의 감각

시인의 슬픔은 경험적인 데 연유할 수도 있고 존재에 대한 본원적인 연민에 기인할 수도 있다. 슬픔은 달리 생의 감각이다. 이는 사물을 민활하게 느끼고 지각하는 이의 감성으로 시인의 몫 가운데 하나이다. 추상적인 외부를 좇는 이들은 슬픔으로 사물을 지각하지 않는다. 오히려 슬픔을 배제

하는 무통, 무감각을 추수한다. 슬픔을 짊어지고 사는 시인은 매우 사소한 것에 존재론적인 교감을 나타낸다. 진정한 사랑은 늘 사소한 사건과 동행하며 끊임없이 사물에 마음을 투사하고 감정을 이입한다.

지구는 참 감당하기 쉽지 않은 사연들을 품고/하늘과 땅을 펼쳐놓으며 잘도 돌아간다/배후에서 그를 버티게 해주는 그리움의 무게//그대는 아는지 몰라/타인이면서 아주 묵직하게 내 안에 자리 잡고/나를 밀고 당기거나 나를 제어하는/아득한 그림자로 존재하는 그대//내가 홀로 길을 걷거나 차를 마실 때/그대 지척인 듯 아득한 거리/처음부터 또는 내 죽고 난 후에라도/끊어지지 않을 영원의 거리/나는 기우뚱, 그대 향해 기울어져 있으니//세상의 저울로는 감히 측량할 수 없는 무게/어쩌다 얼굴을 마주할 찰나를 영원 삼아/무거운 그리움의 배후가 되어/이 안타까운 궤적을 돌고 있는 것이다 (「나는 기우뚱」 전문)

'지구'에 시적 자아를 투사하였다. 자전과 공전을 거듭하는 지구의 기울어진 순환을 '감당하기 쉽지 않은 사연들'을 품고서 '그리움'으로 '기우뚱' 기울어진 삶을 사는 시적 화자의 생과 포갠다. 둘째 연이 말하듯이 '내 안에 자리 잡고' 있으나 '아득한 그림자로 존재하는 그대'가 있으니 그리움은 도달할 수 없는 '그대'와의 거리로 인하여 무겁다. 이처럼 '그리움의 무게'를 지닌 '나'는 한쪽으로 '기우뚱' 기운 삶을 산다. 한편으로 불가능한 사랑의 표백이고 다른 한편으로 근원을 향한 존재론적 갈망이다. 어느 경우든 상관없이 그리움은 상실과 부재에서 비롯한다. 지금은 없는 대상이거나 먼 곳에 있어서 만날 수 없을 때 발생하는 감정이다. '아득한' 거리에서 '그림자'처럼 존재하지만 '지척인 듯' 마음을 이끄는 역설의 긴장이 있다. '어쩌다 얼굴을 마주할 찰나'의 꿈을 포기하지 않았으니 '그대'야말로 영원에 가까운 궁극이다. 어디에도 없는 당신을 향한 시적 자아의 기울어짐은 상처와 고통을 동반한 '무거운 그리움'이다. 그 순수한 대상의 인력으로 비록 기울어진 마음이지만 그의 존재로 인하여 생은 부서지지 않는다. 그래서 "휘청이지 않고서는 걸을 수 없는/아픈 생의 문장과 문장 사이/한 방울 이슬이 맺혀 있다"(「붉은 저녁의 강」에서)라는 구절의 생명 감각이 도드라진다. 이 시편에서 만나는 '한 방울 이슬'은 '아픈 생'을 큰 긍정으로 이끄는 하나의 결정과 같아서 "산다는 건/겨울 숲길에 비쳐드는 여린 햇살에/추운 몸 데워가며/다가올 풍경을 예비하는 일"(「떠도는 섬」에서)이라는 진술로도 변주된다.

앞에서 보았듯이 「나는 기우뚱」은 역설의 구조를 지녔다. 결구에 놓인 '무거운 그리움'이라는 시어가 이를 집약하는데 무거움과 그리움의 상반 의식을 놓치지 않아야 한다. 다시 말하여 긍정의 타자가 무조건 자아를 소환하거나 동일성을 부여하지 않는다는 사실이 중요하다. 상실과 부재, 상처와 고통이라는 마음의 생태가 그리움과 동행하고 있다. 재귀적 반복이나 나선의 궤도는 시적 자아의 의식 현상을 해명하는 데 적합한 개념이자 비유이다. 표현이 또한 그렇다. 내부로부터 외부로 표출하는 표현의 과정은 끊임없이 내부의 깊이를 더한다. "비우고 부서지고/슬픔을 삼키는 일에 익숙해진 몸"(「빈 바다」에서)이나 "환희의 기억만 아린 흔적으로" 남아서 "향기 잃은 채 메말라가는"(「드라이플라워」에서) 고갈의 형국을 회피할 수 없다. 외부의 사물에 투사하고 은유를 얻어 마음을 표현하면서 자기 동일성을 견지한다. "허락하신다면/나, 낯선 여행지에서/지상에서 가장 향기 나는 열매 하나 취하고/바람결로 묻혀 죽어도 좋겠다"라는 진술이 의미하는 "생의 어느 정점" 혹은 타나토스의 유혹조차 "나에게로의 귀환"(「겨울 여행」에서)하는 생 의지의 확인을 역설한다. 이는 "한없이 무너져도 좋을 열망"을 말하는 「동백, 지다」나 "오래된 그늘 지우고" "의연하게 무너져 내리는" "무언의 빛나는 얼굴로 잊혀지는" 갈망을 노래한 「석양」의 시편에서도 읽을 수 있는 생의 감각이다. 그래서 시인은 「가을 립스틱」이 진술하고 있듯이 단풍 속에서 피어나는 "국화꽃"을 만나면서 "봄날의 눈사람" 같은 고독에서 벗어나 내면의 빛을 얻는다. 자연 사물의 생명 현상과 마주침이 생의 환희로 이끈다. 물론 이러한 과정은 단속적이다. 내 안의 '그림자'로 대변되는 기억의 무게가 가볍지 않고(「강의 무게」에서) 내적 "울음"
과 "가슴앓이"에서 쉽게 놓여나기 어렵다. 어쩌면 생에 대한
큰 긍정은 "감당하기 힘든 사랑"(「풍경」에서)의 발명인지도
모른다.

> 윤회란 거듭 새 몸을 입어 태어나는 일이 아니라/흐르는 세
> 월의 뒤편에서/지워진 나를 다시 만나는 일이다/절집에 부는
> 바람이 어디 몸 풀지 않고서는/그냥 허공이었던 것처럼/간절
> 히 나는 나에게 닿아 있고 싶은 것이다/처마 끝에 매달린 청동
> 물고기는/뎅그렁, 저 가벼운 침거는/얼마나 많은 인연의 비늘을
> 떨구었을까//붉은 배흘림기둥을 돌아가는 법고소리/반짝이며
> 날던 콩새 자취가 뜸하여/눈이 가는 산봉우리마다 저녁이 오는
> 가 싶은데/헛됨의 가벼운 열망 하나 내리지 못하는/내 몸에서
> 는 무거운 돌덩이가 운다/아무래도 이 무심한 터가 나의 거처
> 는 아닌 듯하여/옷깃 툭툭 털어 산을 내려가는데/개울물 맑은
> 소리가 먼저 길을 잡는다 (「청동물고기」 전문)

「청동물고기」 풍경을 만나면서 그에 빗대어 시적 화자는
내면을 향하고 심연을 생각한다. '간절히 나는 나에게 닿고
싶은' 열망을 품는다. 사회적 자아의 가면(persona)은 말할
것도 없이 내면의 '지워진 나'조차 넘어서는 수행이다. 하지
만 '헛됨의 가벼운 열망 하나 내리지 못하는/내 몸에서는 무

거운 돌덩이가 운다'. 자아를 지우고 '허공'에 이르는 위태로운 길목이다. 다시 생활세계로 회귀하는 시적 화자에게 들리는 '개울물 맑은 소리'가 새롭다. 심연을 거쳐 생명의 감각으로 돌아와 얻은 이미지이다.

3. 사랑과 추억

슬픔과 사랑은 단짝이다. 살아있는 존재에 대한 근원적인 비애를 제외한다면 대개 슬픔은 사랑의 상실에 연루한다. 이지윤의 시편에서 "잘라버린 인연"(「귀를 여니」에서)이나 "결연한 사유로/차마 버리지 못했던 푸른 기억"(「그네」에서)이 있는가 하면 이미 곁을 떠난 아버지와 어머니와 같은 육친에 대한 유년의 추억이 등장한다. 어느 경우든 밖으로 표현해야 할 슬픔의 목록에 해당하며 이를 이해하는 '자기만의 길'을 찾지 않을 수 없다. 이 글의 첫머리에서 말한 시작의 배후가 그러한데, 시인은 한편으로 상처의 기억을 넘어서고 다른 한편으로 사소한 것들의 추억을 되새겨 화해의 지평을 연다. 유년의 추억은 지금의 자아를 되비추는 거울로서 순수한 얼굴을 회복하는 길을 열어주며 그 어떤 슬픔과 고통을 이겨내면서 '더 큰 사랑'을 발명하는 데 계기로 작용한다.

돌아보면/눈물 없는 사랑은 없다/사랑 없는 눈물도 없다//

눈물 그렁이며 세상을 보아라/눈물 떨군 자리/삶은 향기로 피어나리니//사랑은 그런 것이다 *복수초 꽃말: 슬픈 추억 (「복수초 피다」전문)

'복수초'의 꽃말이 '슬픈 추억'임을 인용하고 있듯이, 시인은 사랑-슬픔-사랑의 시적 변증을 의도한다. 「밀물이 썰물에게」, 「산굼부리」, 「한실 저수지」, 「길 위에서」와 같은 시편을 통하여 상처와 기억을 껴안고 기지의 세계로부터 미지의 예감으로 나아가는 시적 변증을 보인다. 겸허와 무심, 망각과 허공을 의식의 지평으로 수용하면서 "그을린" 희망("보석 같은 희망이 검게 그을린 채", 「절반의 얼굴」에서)의 기억을 신생의 계기로 변전한다. "생이란 이런 것이다/무릎 꺾일만하면 일어서고/드러누운 몸 여기가 끝인가 싶으면/몸 열어 잎을 틔우는/아, 저기 대견스레 몸 흔드는 청보라빛 눈물"과 같은 「달개비꽃」의 구절은 '달개비꽃'에 투사한 시인의 마음이 표백된 이미지를 내포하고 있다. 슬픔의 눈물이 맑은 생명의 활력으로 거듭나는 형상이다. 이처럼 시인은 상실이 자기 부정으로 귀착하는 어두운 우울로 이끌리지 않는다. 오히려 인용한 「복수초 피다」가 진술하듯이 삶의 '향기'로 피어나는 명랑한 슬픔을 지향한다. 이는 "내 입김에 내 때 불려 닦아야 할/사랑은/마른 혈관으로 길을 내는/얼굴 없는 유리창"(「유리창을 닦으며」에서)이라고 사랑을 자기 정화의 의미로 받아들이거나 "그리하여 시들어가는 풀꽃더미 속/젖은 노을처럼/두 생애가 하염없이 저물어가는 일"(「지극한 사랑」에서)처럼 생명의 자발성과 화해가 사랑이라고 인식하는 데 이른다.

이지윤의 시는 사랑을 사유한다. 복수초의 꽃말처럼 '슬픈 추억'을 환기하는 데서 비롯한 일인지도 모른다. 사랑을 잃고서 좌절과 상처를 딛고 일어서는 자아의 외로운 투쟁이 만든 사랑의 궁극적인 가능성에 대한 인식이 아닌가 한다. 이는 실존적인 생존의 과정이며 이 과정이 빚어내는 노래가 시가 된다. "기다림의 시간이 쌓이고 쌓여/모든 습기나 향기를 날려버린/그 틈새 아름다운 기억들은 화석으로 남아/나를 견디며/심연 깊숙이 소망의/노래 한 자락 떠올리는 일"이라고 한다. 또한 "유리 화병 속의 아젤리아 꽃잎이 몸을 낮추는/늦은 여름날 저녁/누군가를 사랑한다는 건/이렇게 서로의 영혼 깊이에 파인/그리운 상처 하나쯤 되는 일"(「아젤리아, 사랑의 기쁨」에서)이라고 한다. 이러한 점에서 시적 화자가 말하는 '사랑의 기쁨'은 사랑하는 사람들의 황홀한 모험의 시간이 아니라 서로의 영혼에 주름이 된 상처를 기억하면서 얻는 슬픔의 위안에 가깝다. 추억의 시적 기제는 지난 일을 소환하면서 현재의 자아를 쇄신하여 진정한 자아 동일성을 획득한다는 데 있다. 이는 시인이 유년의 추억을 이야기하는 일과도 연관된다. '그리움의 거처'라는 점에서 유년과 사랑은 모두 시적 원천이다.

어머니, 지금도 내 그리움의 거처는 고향집 마당 위에 하늘을 가로질러 널려있던 빨래 그림자 밑입니다 어머니의 치마폭 드리운 그늘 평상에서 고단한 잠 한숨 자고 나면 허덕이는 세상 어머니처럼 사철 푸른 바람이 될 수 있을까요//고사리 힘줄 같은 내 어머니//새끼손가락만 하던 내가 이만큼 자라 마트에서 카트를 끌어보니 죄다 자식들 먹을 것밖에 안 보이고 내 입에 들어갈 건 아까워서 손이 오그라듭니다 바람과 햇살을 고루 먹은 어머니의 장독대 그 구수하고 묵은 사랑 제대로 익혀낼 수 있을까요 엄마로 산다는 것이 이렇게 가슴 젖어드는 그믐달 같은 일인지 (「그리움의 거처」 부분)

이 시에 등장하는 유년은 지금의 상처를 회피하기 위하여 향수(nostalgia)를 선택하는 도피 의식의 대상이 아니다. 오히려 유년의 어머니를 불러 세움으로써 현재의 자아를 반성하고 새로운 가능성을 찾으려는 시적 기획이다. '어머니처럼 사철 푸른 바람'이 되고자 하고 '어머니의 장독대 그 구수하고 묵은 사랑'을 배우고자 한다. 이처럼 어머니는 시인에게 자기를 비추는 거울이 된다. "모래바람 같던 세월"(「열두 살 송편」에서)을 견뎌내게 하고 상처를 안고 사는 이에게 "모든 풍경의 기꺼운 배경"(「새벽강 — 어머니」에서)이 되는 어머니! 시인은 이러한 어머니를 "슬픔의 색과 그리움의 색을/분간 못하는 색맹"(「엄마는 색맹이다」에서)이라고도 한다. 마음속에 인고와 자애의 표상으로 자리하고 있다는 의미이다. 시인은 이러한 어머니를 "가벼운 바람에도 살랑 흔들리는/물의 지문처럼 우리 엄마/이렇게 일렁이는 그리움으로 오나"(「물의 지문」에서)라고 진술하면서 그 내재성을 확인한다. 아버지 또한 "변함없이 흐르는 강물"(「아나, 차비 보태라」에서)과 같은 기억의 물줄기 속에 있다. "기억이 흔들릴 때마다 가슴에 젖는/나에게로 흐르는 아버지의 달"(「아버지의 달 — 센베이 과자」에서)이 있어서 "윤아, 너무 위험한 꿈꾸지 말거라"(「담쟁이 2」에서)라는 구절이 말하듯이 실제 시인을 등장시켜 실감을 불러낼 정도로 현재적이다. 「그리움의 거처」나 「정지된 테레비」는 어머니와 아버지의 실재 효과를 발화의 의도로 삼는다. 그만큼 추억의 단층이 뚜렷하다. 「푸른 기억」의 진술처럼 유년의 추억은 "이적 살아온 내 부끄러움의 크기"를 가늠하게 하고 "삶의 무게"를 짚어내게 한다. 상실의 대상이자 그리움의 거처이며 보다 큰 사랑의 계기이다. 시인은 "마음바닥을 기억하는 사람의 발자국은/함부로 흩어지지 않는다"고 하고 "바닥이 깊을수록/그 물길을 보는 사람의 눈도/맑아지는 것"(「하늘바닥」에서)이라고 한다. 유년의 추억이 나르시시즘이나 노스탤지어에 그치지 않음을 알 수 있다.

4. 마음의 궁극

알랭 바디우는 "진정한 사랑은 공간과 세계와 시간이 사랑에 부과하는 장애물들을 지속적으로, 간혹은 매몰차게 극복해나가는 그런 사랑"이라 생각한다. '사랑의 구축'에 주된 관심을 둔 그로서 당연한 말이다. 하지만 이별 이후의 "차마 떨쳐내지 못할 사랑"(「귀걸이」에서)도 있고 슬픔의 고통을 경유하면서 성장하는 사랑도 있다. 한정된 지속성으로 축약하지 않고 사랑의 지평을 더 확장한다면 부재, 내면, 자아, 추억도 사랑을 환기하는 대상이 된다. 가령 "거슬러 올라간 강가에는/어릴 적 벗어둔 동무의 흰 운동화 한 짝/그 초록의 나이에 내가 잡으려 한 것들은/모두가 허상"임을 깨닫고 "똑똑 떨어져 빈 봉지로 남을 수액처럼/사람을 향한 기억을 버리는 일이/나를 한 방울씩 비우는 일이/거듭 소중한 일과가"(「병실 1302」에서) 되는 존재론적 자기 인식도 사랑의 문제이다. "제 살로 피운 환희"(「사랑 2」에서)가 지니는 사랑의 의미를 간과할 수 없다.

햇살을 보려고 베고니아를 심습니다/바람을 보려고 은사시나무를 심습니다/당신을 보려고 기다림을 심습니다//모래시계처럼 옮겨가는 마음입니다 (「사랑 1」 전문)

이 시가 말하는 '당신'은 많은 의미를 함축하는 애매성 (ambiguity)을 지닌다. '햇살'과 '바람'에 '당신'이 상응하고 '베고니아'와 '은사시나무'에 '기다림'이 대응한다. '당신'은 햇살이나 바람처럼 베고니아와 은사시나무를 기르는 생명의 기운일 수 있다. 하지만 '기다림'이라는 관념에 봉착하여 일관된 의미는 흩어진다. 기다림의 대상인 만큼 '당신'은 유일무이한 단 한 사람일 수도, 대응하는 사물에 비춰 "아름다운 화음"(「담쟁이 1」에서)의 생명일 수도 있다. 또한 더 확장하여 '궁극의 관심(ultimate concern)'으로 이해해도 되겠다. 이는 "낙엽이 흙이 되는 일처럼/살다가 가뭇없이 잊혀져도/평생 지워지지 않을/손 닿을 수 없는 그곳에 있어/더 단단한 그리움/사랑 아닌 사랑으로 읽히기 전에/꽃은 늘 별로 피어납니다"(「꽃과 별 사이」에서)와 같은 구절에서 보이듯이 외부의 무한으로 관심과 지향이 확장되는 양상에서 확인할 수 있다. 그런데 사랑에 있어 내부와 외부의 경계는 없다. "너에게 가는 길은 같은 허공을 맴돌고/중심의 밑둥을 밀치고/감겨오는 잔뿌리"(「부재중」에서)와 같은 구절처럼 무한은 심연과 통한다.

우리가 걸었던 젊은 날의 저녁 강가/당신 어깨너머로 푸른 깃의 새가 날고/하늘은 금빛 노을 뿌려져/어디서 아슬한 노랫소리 들려와/모든 꽃 일제히 귀를 세우던//세상은 호락하지 않았음을/간신히 켜둔 촛불로 버티는 목숨/흔들리는 불빛 속 흔들리는 그림자/발라먹고 남은 물고기의 뼈/혹은 옥상에 널려진 젖은 와이셔츠/희망은 더 이상 나를 품지 못하고//깊은 어둠이 나를 지워 버리더라도/그 저녁 강가 당신 어깨너머로 높이 날던/새, 푸른 깃의 활공을 기억하나니/지상의 길이 막히면/창공으로 무한의 길이 열리는 것을 (「지상의 길이 막히면」 전문)

이 시편은 3연의 의미 단위로 구성된다. (1) 젊은 날의 사랑 (2) 사랑을 상실한 나의 절망 (3) 사랑의 기억이 만드는 무한의 길. 이와 같은 삼박자는 사랑과 슬픔의 변증법이다. 금빛 환희를 기억하면서 희망 없는 실존적 생존을 견뎌내고 푸른 기억의 에너지로 다시 비상을 꿈꾼다. 이 시편이 말하듯이 '당신'은 오직 한 사람으로 그치지 않는다. 함께한 배경을 모두 포함한다. 저녁 강이 있고 푸른 깃의 새가 날며 금빛 노을이 깔려 있다. 이런 가운데 사랑의 찬가가 있었으니 '당신'의 부재가 이 모두를 앗아가진 못한다. 금빛 환희는 "잿빛 기다림"(「부재중」에서)을 거쳐 "푸른 강"(「은하수」에서), '푸른 깃'으로 거듭난다. 이러한 과정에서 '당신'의 의미 또한 깊어지고 넓어진다. "어느 날의 우화를 꿈꾸며 한 땀 한 땀/당신의 깊이를 따라갑니다"(「자벌레로 걷다」에서). 이러하듯이 시인은 사랑과 슬픔의 궁극, "진여의 푸른 눈빛"(「수련」에서)을 지향한다. 심연의 검푸른 물빛의 언어가 기대되는 지점이다.

142

이지윤

경남 합천에서 태어났다. 2004년 〈문학세계〉를 통해 등단하여, 〈주변인과 시〉, 〈주변인과 문학〉 편집위원을 지냈다. 2018년 '시와 소리' 전국문학낭송가 대회에서 대상을 수상하였고, 유튜브 계정 '이지윤의 시와 함께'를 통해 직접 시를 낭송하고 있기도 하다. 시저녁작가회를 거쳐 현재 부산시인협회, 부산작가회의 회원으로 활동 중이며, 목요시선 동인 대표를 맡고 있다. jiyun3007@naver.com

나는 기우뚱

초판 1쇄 발행 2021년 5월 6일
      2쇄 발행 2021년 7월 7일

지은이 이지윤
펴낸이 강수걸
편집장 권경옥
편집 강나래 김리연 신지은
디자인 권문경 조은비
경영지원 공여진
펴낸곳 산지니
등록 2005년 2월 7일 제333-3370000251002005000001호
주소 부산시 해운대구 수영강변대로 140 BCC 613호
전화 051-504-7070 | 팩스 051-507-7543
홈페이지 www.sanzinibook.com
전자우편 sanzini@sanzinibook.com
블로그 sanzinibook.tistory.com

ⓒ이지윤
ISBN   978-89-6545-717-6 03810